[illegible]志郎 歌集

平城山の風に

青磁社

平城山の風に＊目次

英保志郎歌集

平城山の風に

びんづる尊者の前垂れ

春疾風空渡るとき撫でてゆくびんづる尊者の紅き前垂れ

宿木を知らぬ若きが声張りて「面白いもん、見いーつけた」と指さす

摺り足の若者少し臆病だけど取説（トリセツ）だけは速読をする

引用の説明なきまま遣はるる「つてゆーか」の「つて」どうすればいい？

花ならぬ花をひらきて初夏（はつなつ）の風にゆだねてゐる四照花（やまぼふし）

つれあひを求むるやうにもう一輪咲きて鷺草二羽となりたり

夏最中（もなか）絵手紙は湖水地方から「So beautiful」の文字みづみづと

キャンプより戻りて石段（きざはし）のぼりゆく少女の長き髪晩夏光

蜘蛛の子を散らすと言へどそれほどに沢山のクモ見たこともなく

いい歳とは幾つからいふベッチヤカと車中に女がガムを噛みゐる

わたくしの上着の端を尻に敷き「車中でモチベーションをたかめる法」読む女

みどり児は秋陽を眩しみ胎内に忘れしままの尾を立てて哭く

たちまちに無を知らしむる「ゐない、ゐない、ばあ」おほふ両手に恐怖もかくす

思ひきり開くをさなの掌のかたち「むすんでひらいて」花オクラ咲く

くるくると指を廻してアキアカネ追ひかけてゐるランドセル五つ

をさな日に「天気になあれ」と蹴り上げしそれからの明日（あした）を生きて今日まで

雲梯と名付けし人のひらめきの少年の眸に映るなかぞら

コーセーと呼びて川端康成を語りし教授のことも思ひ出づ

「降る雪」の草田男夏に逝きしこと　今朝もひとつの錯誤に出合ふ

百姓のずる賢さとしたたかさ描きてクロサハの映画The End（ジ エンド）

花のもとまで

枝先の花のもとまであと幾回五体投地の尺取り(しやくとり)虫進む

鎌倉に逢ひしは春のほほゑみのやうな和み地蔵のあぎと

陽のひかり掴みがたきをひとつづつ小分けにこぼす落花しきりに

富山湾には大蛤がゐるらしい幼に語る蜃気楼の話

わが指と玻璃越しに肢合はせゐる蝶啼かざれば互(かたみ)に見つむ

鳴き龍を鳴かせる僧の手馴れたるしぐさに天井の龍鳴かさるる

没りつ陽はふたかみやまの雲染めて天上の楽あふるるばかり

紀元前一万年の縄文紀に眺めてゐたかも知れぬ葦原

双面のヤヌスよ過去は我も見き未来も見ゆる汝の苦しみ

ジュピターの王子マルスに東方の倭建の憂ひはあらず

ほの暗き御堂出づればみそなはす御仏のごと白梅にほふ

「メナードは色くすんでるよね」口紅を手にして車中の母娘(ははこ)の会話

般若寺のバス停留所に乗りきたる婦人の傘よりこぼるる　さ　く　ら

ここに神に愛さるる牧童の眠りゐる五月の空を渡る残月

石走る垂水の壁に手繰りたるくろがねの鎖錆び残るべし

きりきりと岩の裂け目を広げつつ根を張る小松に風吹き上ぐる

ひと群れの芒を抱く草原に八月の空より火箭放たるる

わが庭にアサギマダラを迎へたくフジバカマ風にまかせつつ待つ

銀漢の流るる吉野に幻の日本狼の遠吠えを聞く

似る人の三人はゐるといふことば今日そのうちの一人に会ひぬ

バス停に束ねてさげる広告に合唱団員募集とありき

平城山

陵（みささぎ）と古墳のあひの濠沿ひの径ゆるらかに幾曲がりして

山萩は脚にふれつつ蒴こぼす実（げ）に懐かしき花にしあるかな

濠の水今日はみどりに濁りゐて水面に浮かぶ亀見ゆるのみ

民家挟み飛び地とあるはおほきさき磐之媛(いはのひめ)の陪冢(ばいちょう)ならむ

濠越えてピアノの曲の流れ来ぬ松に吹く風蘆(あし)揺らす風

丈高き蘆の末葉に腹朱き糸蜻蛉見しは初夏のこと

山背の山とは低きこの山か眠れる帝佐保・佐紀の山

夫恋ひの径とし偲ぶ平城山を越えし女人のいくたりありし

飛火野（とぶひの）の鹿にどんぐりやるもよし径に落ちたるを拾うて帰る

すすきはらの平城宮址ゆ眺めやる筒木（つつき）の宮は森尽くる果て

ウハナベ・コナベ

平城山は夫恋ふる人の眠る墓二重（ふたへ）の濠を廻らし祀る

外濠の跡といふは公園となりてほとんど気づかずに過ぐ

恋ひつつも拒みしは妬心と矜恃ゆゑ磐之媛皇后筒城（つつき）に崩ず

矜恃強きはやがて不幸に生き行くか難波を遠くひとり身罷る

夏さらば陵（みささぎ）に咲く燕子花いまだ濠に丈低きまま

後妻（うはなり）と前妻（こなみ）の言葉遺しゐる二つの古墳を左に右に
（ウハナベ・コナベ古墳）

五十基を数ふるといふ佐紀山の盾列（たたなみ）古墳に緑萌え出づ

春の雪

玉砂利を踏みゆく道にみささぎの石標（しるべ）は春の雪に濡れ立つ

泡雪は消なば消ぬがに佐保山のみささぎに零る　二月尽日

参拝を了へ帰るさに白鷺の頭上をよぎり池に降りたり

白鷺は化身の鳥かみささぎの方(かた)より現れ羽やすめゐる

首伸ばし首をすくめて千年の水面にコサギは影を映せり

すでにしてコサギの冠羽（くわんう）生ひ出でて泡雪はこぶ風にふるへる

東大寺過去帳の初めに記さるる「聖武皇帝」ここにねむれり

ふることぶみ

現し世の風に曝され「従四位下太朝臣（じゅしゐのげおほのあそみ）安萬侶」出づる

墓誌銘の無くばさながら茶畑に埋めもどされて眠れるものを

存分に阿礼に語らす聞き上手太安萬侶小柄なをとこ

ふることぶみ遺しし杳き寧楽（なら）の世も歯槽膿漏に悩む安萬侶

泡雪は田原のなだりに降り初めて墳墓、養老の代に還りゆく

ナラノヤヘザクラ

春惜しむ嘆きにふたたび春を呼ぶナラノヤヘザクラ五月ににほふ

この花があの八重桜ぞと行き過ぎる観光客に告げてもみたき

十重二十重八十（とへはたへやそ）と花びら重ねゆくたった三日の花と呼ばれて

淡紅の小さき葉陰の花なれど散る日は紅を深めつつ散る

髻（もとどり）を解かざるままに散るもあり雲居坂とある標の上に

いにしへの寧楽（なら）の京師（みやこ）の桜守「花垣の庄」に斎（すゑ）住むといふ

東大寺南大門

数多なる部位にて建つる仁王像慶派の技は例へば臍の位置

おまへさんが吽(うん)をするからこのワシは阿(あ)をせにゃならぬと見得切る仁王

日本で一番古いと伝へ聞く狛犬据うる仁王像脇

南宋の石工の彫りし獅子像の一対なれど阿吽にあらず

般若寺の石塔もこの伊行末(いぎやうまつ)いづれも火難に遭ひし寺なり

雄獅子のわづか左に傾くを危ぶみつつもまつぶさに見つ

雌獅子に鬣(たてがみ)あるをいぶかしむ踏んばる肢の腋の巻き毛も

のこりゐる台座の祥雲羽目石の飛天の文様彫られしままに

破損せる口もと何を語りゐむ咆吼のまま閉ぢぬ口腔

獅子二頭夜な夜な鏡池の水飲む嘶など未だ聞かざり

東大寺八角灯籠・大仏

いつの世も祈りはまろし童顔の音声菩薩の笙もつ指も

天上に響きあふ楽流れゆき風に天人の領巾(ひれ)をあそばす

年に二度開かるる観相窓に見る毘盧遮那仏(びるしやなぶつ)は面長に見ゆ

蓮弁の台座にわづかに残りたる鍍金の語る仏の受難

切れ長の半眼の目見に見つめらる蔵(しま)ひしままの恋の結末

東大寺二月堂修二会

のりこぼし椿咲くとふ開山堂築地(ついぢ)の外より首伸ばし見る

意外にも高き築地に見えざれば四月堂の基壇に上る

おぼろけの遠き椿を爪立（つまだ）ちて構ふる望遠レンズは捉ふ

「糊零（のりこぼ）し」その名は修二会に由来せり言葉ひとつに歴史を秘めて

閼伽井屋（あかゐのや）の屋根に「生飯（さば）投げ」する僧の袈裟の袂にふふむ春の日

若き僧の膝より板に打ちつくる五体投地とははげしき懺悔（さんげ）

聖武帝に始まる「過去帳」ただに待つ「青衣女人（しやうえのによにん）」の読まるるまでを

内陣の戸帳（とちやう）巻き上げらるるとき須弥壇（しゆみだん）の荘厳（しやうごん）灯明に映ゆ

千二百六十五年を絶ゆるなく供へし香水（かうずい）拝し掌に受く

人と火の出会ひし原初（はじめ）の血の目覚め真夜の火の行達陀（だったん）見つむ

南都八景

春日野の馬酔木の森も進むべきみちはあるらし鹿歩み入る

時計回りに絡みついては手を伸ばすノダフヂに疑念のあらうはずなく

樹冠まで上りつめたる藤蔓の摑むものなき空（くう）泳ぎゐる

右巻きで良かつたのかのつぶやきも白きノフヂの風が連れ去る

音たてて莢（さや）割くるとき飛ばされし種子のひとつの磐根（いはね）に落つる

藤影をうつす池のかたはらに群れを離れし鹿眼を瞑る

天保の観光絵地図に描かるる南都八景春日野の鹿

橋渡る行人も八景のひとつなりき轟橋は今ひと跨ぎ

南都点描

若きらはサイクリングの脚休めスマホのナビに南都をめぐる

アジアからの客が増えたと鹿せんべい売りのをばさん鹿追ひながら

飛火野に奏でるホルンその杜の奥より一列に鹿駈け来る

鹿寄せの曲が『田園』の理由などわれも知らざり　木の実喰む鹿

春と呼ぶに間のある頃を赤・白の馬酔木は莟にその色徴(しる)す

災害の憂ひ無きゆゑの寧楽(なら)遷都とまことしやかに語る人ゐて

「お水取りが始まつたら寒うなりましたな」今年も交はす奈良のあいさつ

奈良町界隈

夏宵の浮図田にともす地蔵会に昔むかしの童も交じる

（元興寺）

元暦と言へば平安末期にて二十四代薬家の歴史

（菊岡漢方薬店）

阿は笑ひ吽はほほゑむ狛犬の授くる霊符さぞや吉き事

（御霊神社）

采女祭

中秋の池面の月を揺らしゆく竜頭の舟楽（がく）奏でつつ

寧楽の世にありし采女（うねめ）の入水譚悲劇を悲恋に現代（いま）に語れる

池を背に立つ采女社のいはれなどまことしやかに書かれ語られ

奥州より縁（えにし）ありとて招きたるミス郡山采女に扮す

現代の采女も古記のいふごとき「形容端正（かほきらぎら）しき」ものにてあらむ

奈良阪般若寺

平城（なら）の代に鬼門鎮護を祈念して『大般若経』ここに納むる
本尊の文殊菩薩を背（せな）に負ひ立つ唐獅子の前肢（まへあし）太し

千人の学僧抱へし大寺の七堂伽藍一堂遺す

大塔宮(おほたふのみや)の御危難救ひたる唐櫃のひとつ寺に遺れり

怪力の本性房(ほんしやうばう)の鍛錬の力石といふは丸からざりき

マカバラ石・カンマン石と霊石を祀れる庭は石多き寺

笠塔婆一対を建てし宋人の父母の供養の深き鑿あと

インスタ映えするとふ若きの被写体の十三重の塔コスモスの中

半跏趺坐（はんかふざ）首傾げ笑む石仏の曲げたる膝に水仙にほふ

毀されし石仏もあり首を接ぎ台座も据ゑて里人守りき

国宝の楼門といふも小ぶりにて隣の民家と屋根競ふほど

楼門は南都伽藍に火を放ちし重衡の首を掛けたるところ

端ぢかき寺と鷗外の詠ひたる奈良阪般若寺は国つ界の地

奈良豆比古(ならづひこ)神社の大楠

苔むせる楠の巨木の洞(うつほ)ごとに初穂ひとすぢ供へられたり

天蓋の拡ごるままに枝伸ばす高き岐れに南天繁る

大楠の洞うつほに育つ木々鳥くさぐさの種運ぶらし

御室木（みむろき）は五尋（いつひろ）にても足らざらむ千年楠は斯かる世も樹つ

樫の実を靴にてぴしぴし潰しつつ傾りを下る杜の底まで

冬の日の届かぬ樹陰の底深くに山茶花紅きは妖しき光源

施基親王(しきのみこ)祀れる芸能(わざをぎ)の宮にしてあらたまの年の祈りなしたり

春日若宮おん祭

「遍昭（せんじょ）行から」わらべ唄に囃されし宿所に大和士（やまとざむらひ）籠もる
（大宿所詣（おほしゆくしよまうで））

大宿所の竹ざさ五色の短冊の紅きに「しのふ恋」とありたり

煮えたぎる釜より巫女は冬空へ鳥放つごと笹うちひろぐ

（御湯立（みゆたて））

熱湯の飛沫はたちまち湯気となる声高き巫女の「左右左（さよーさ）、さよーさ」

巫（かむなぎ）の腰に捲きたるサンバイコ賜（た）ばりて安産の守りとなせり

ヲーヲーと警蹕（みさき）の声の流れくる闇の底ひを神渡りゆく
（遷幸の儀）

旅立ちは笛の乱声（らんじやう）、道楽（みちがく）は慶雲楽（きやううんらく）と定まりゐたり

幾重にも若宮衛る神官の浄衣（じやうえ）しらじら闇におごめく

ほつほつと松明の火をこぼしつつ闇に標(しるべ)をなす先も闇

丸太木と松葉束ねて造りたる御仮殿(おかりでん)に神入りたまふ

（お旅所）

植松(うゑまつ)を立て瓜灯籠をともしたる行宮なほも御簾ふかくして

真夜中を神事はつづく春日野に篝火の火と神楽の楽と
（暁祭）

影向を垂れし松とふ下にありて「三笠風流」の猿楽献ず
（松之下式）

少年は緋の水干に重藤の弓引きしぼり馬上に構ふ
（流鏑馬）

「ひーよいやな」奴（やっこ）の槍の投げ交はし鳥毛の飾りに風ふふみつつ

（大名行列）

鼉太鼓（だだいこ）に追はれて若宮早足に還幸果たす日の変はる前

（還幸の儀）

馬魚

山辺（やまのべ）の道の辺（へ）に馬魚の棲むといふ池ありて杜のいよよしづけく

人恋ひて正直者の西行の吉野は燃ゆる桜もみぢ葉

み吉野は脳(なづき)も溶くる桜(はな)かぎり「是レ従リ抒情結界」となす

大峰山(おほみね)に咲く石楠花に恋をせし僧の話などいたしませうか

千年を忿(いか)りつづけて冷めやらぬ愛染明王かくまで赫し

淡紅にミニ蓮咲きぬ腰捻り伎芸天女のここに立ちませ

スーパー・ムーン

「スーパー・ムーン」巷に交はす声聞こゆ今宵月代はことばの向から

いにしへのをみな仰ぎし月人とふ月は女性名詞にあらず

月には夜々を数へ続ける男神(をがみ)ゐて天文学的数に足す一

死ぬことの叶はぬ生死(しやうじ)繰り返す月よ　回送電車通過す

一億年の昔確かにあつた星望遠鏡は過去世の眼鏡

影媛あはれ

海柘榴市（つばいち）の八十の衢（ちまた）に交はしたる平群鮪（へぐりのしび）と影媛の愛

白珠のにほへる媛を娶らむと日嗣（ひつぎ）の御子は「我が欲（ほ）る」と詠みき

臆することなき鮪よりの返し歌二人のをのこは嬬(つま)争ひき

歌垣に敗れしは稚鷦鷯(わかさざき)の御子にして恨みこのままに終るはずなく

差し向けし兵は数千、大伴金村(おほとものかなむら)、平群鮪を捕らふる

命により鮪誅せらるといふ報せすでに物部(もののべ)の媛に届けり

石上布留(いそのかみふる)の高橋、佐保を過ぎ、影媛直(ただ)に平城山を指す

泣き沾(そぼ)ち山辺の道迦りゆくあはれ影媛の沓も脱げたり

影媛の祈りもむなし平城山に戮(ころ)されしばかりの亡骸を見つ

悲しみの涙はまなこに盈ちたれど「鮪の若子(わくご)」の葬りをなせり

小泊瀬(をはつせの)稚鷦鷯とは武烈帝暴君として『書紀』は記せり

信貴山縁起絵巻

厩戸（うまやど）の皇子の祈りに顕れし毘沙門天王軍神（いくさがみ）にて

雄嶽さへも五百メートル足らずにて河内・大和の二国を望む

戦国の雄、松永久秀の城は痩せ尾根に岩残すのみ

空鉢に乗りて米倉の空飛ぶを追ふ里びとの驚天動地

貌を上げ大口を開け目を剝きて僧も女人も戯画に生きゐる

山上を行く飛び倉を草を喰む鹿も見送るのどかなる景

千俵の米列なりて空行くを龍と崇めて祭る小堂

龍王に供ふる水を手に持てる老若男女のつづく山嶺

堂守の女人は白蛇を這はせつつ脱皮せし片片(きれぎれ)をお守りに売る

本堂の扁額飾る黄金の雌雄の百足も天王の使者

白　峯　——『雨月物語』——

石三(いは)つを畳みなしたる奥津城に爪長き鬼の怨念棲まふ

月光(つきかげ)も零れぬ茂みの濃き闇を石に坐しつつ経読む円位(ゑんゐ)

円位、円位現形（げぎやう）の声に醒まされて石の臥所（ふしど）に頭（かうべ）めぐらす

王道のことわりを説く西行に出家こそ利己欲と答ふる新院

問ふ西行答ふる崇徳院「只黙してむかひ居たり」陰火（いんくわ）の中に

指を破り血をもて記しし願文（ぐわんもん）を海に沈めて魔界を歩む

「相模（さがみ）、相模」化鳥（けてう）を呼ばふ院の声木魂となりてさまよふ凄（すさま）し

八雲立つ

おほどかなる国の創まり　足らざるを「国来、国来」と引き寄せし神

綱かけの杭は火の神大山の峰になれりと御業を伝ふ

八雲立つ出雲は阿菩(あぼ)の大神の御座(おは)せし国ぞ　播磨びと我

陸続きの出雲〜播磨を大神の舟にて来たる謎は残りて

英保の条に安母と記せる『播磨風土記　新考』は多分アボと訓むらし

出雲族も播磨の英保氏も新興の倭に敗れし土豪のひとつ

平家琵琶抱（いだ）く湖畔の芳一像ヘルンと呼ばれしハーンの自著も

播磨国伊和神社

伊予の海渡り播磨の山里に住みつきし祖（おや）を『風土記』は記す

安住の地を求め来て定めたる「安黒」なる地のアグロの韻き

一族を祀る伊和の大神の初代神主はアボの何某（なにがし）

夢枕に立ちたる神は一夜にて大き社を建てたまひけり

北向きに社殿を建てし謂れなど播磨一宮今に語らる

瑞兆の二羽の鶴の止まりたる磐座(いはくら)と呼ぶには小さき石も

戦前の国幣中社の碑を遺す境内は今も神さぶる杜

抜け山伝説

二〇一二（平成二十四）年　熊本県を襲った広域大水害に、
一九七六（昭和五十一）年　播磨一宮町「抜山地区」の山崩れを思ふ。

「蛇抜（じゃぬ）け」とふ言葉に記憶の蘇るふるさとに聞きし「抜け山」の話

山動き立木倒るるさま見しは三十六年前の里人

七百人のふもとの村に「抜け山」の百万立方の土砂押し寄せる

郵便局・警察署攫はれ鉄筋の校舎まで「ぐんにやりゆがんだ」と記す

山抜けにふもとの民家は跡もなく西山裾の川まで流る

川下は濁流の中大木と箪笥の流れ行くをただ見つ

ぐおんぐおんと地を響動（とよ）めかせ大岩のぶつかる音を濁流に聞く

全壊せし四十六棟の山津波死者少なきは奇跡と呼ばる

長老の三百年を語り継ぐ「抜け山伝説」昭和を救ふ

山を変へ景色も変へし山裾に今も里人の営みはつづく

悲　歌

——東日本大震災——

家々の屋根をシートで覆ひたる被災地に悲歌ナナカマド燃ゆ

みちのくに赤は激しき悲の色と茂吉の燕今年のナナカマド

一本の道路隔てて西東被害に大き差のあるを知る

震災後初めての客と喜ばれともに写真を撮る五色沼

大幅に観光客の減つたといふその十分の一の一人となりぬ

参道の奥深くに立つ木の標「ここまで来ました」瑞巌寺にも

ほとんどの瓦礫の山は崩されて津波の攫ひし地はのつぺらぼう

「想定」とふ語のもつ不遜掌に載せしはずの自然にたたかれてゐる

希望的観測ばかりの楽観論御霊の前に保身は捨てよ

「私のことはいいから早く行け」人の愛の深さ悲しさ

見つけられたる遺品に「区切りが付きました」感謝のことばにかなしみ湛ふ

泣くこともままならぬ避難所生活に「基本的人権」むなしいひびき

ひと度は津波に呑まれし土に咲く花しなやかに命をひらく

月欠くるは凶の兆しか山も海ももう充分に不幸はありぬ

この年はことにつくづくいとほしと還らぬひとを喚ぶ蟬の声

みちのくに今も響かふ鎮魂歌海底(うなそこ)の道あゆめる君に

同窓会

「知つとうか、もうようさん死んどるぞ」同窓会の死亡報告

四十二で夫を亡くせし友ありてそれからの二十三年を一気に語る

幸よりも不幸の多く語らるる　人の世に小さき花も嬉しく

面影は残ると言へどそれさへも定かならざる五十年ぶり

薇（ぜんまい）の解（ほど）けるやうなセピア色の記憶とともに輪の中に入る

校長をしてゐた奴と元ヤクザが酒酌みかはす座にゐる愉快
愛称で呼び合ふことの懐かしく五十年ぶりに唱ふ校歌も

木霊言霊

木霊言霊隠りたる世の風いんいん我に立つるべき鳥総はあらず

熊よけの鉄輪を腰にけものみちに立つ杣びとの鬣光る

瀧を捲き沢つめ行けばくらきより水は湧き出づ　とほきひびきに

石楠花の根のからみあふ奥駆けの道は行者の駈けゆける道

春遅き吉野は岩間の苔清水雪のひまより小湧き出づべし

風の声笹のささやき聴き分くる耳もたざりしより尾を失ひき

オリオンも凍て星となる天(あめ)の海にあはあはしろき月の舟漕ぐ

壱師の花

段丘の壱師(いちし)の花の支へたる天(そら)よりミューズの告知はあらず

冥(くら)きより雪降り来たり窓の灯に濡れつつ地上の暗きに吸はる

妣を思へばははの不幸をさびしみて心はしぐれの夕べをあゆむ

生きの世を語り尽くさむとばかり啼く霍公鳥誰も聞いてはゐぬに

死出の山越え来る鳥のけたたまし冥界とは幽(かそけ)く静やかならむを

夕暮れの電信柱の薄闇に泣く首細き夢二の女

雪の舞ふ御津の港に乳飲み子を抱（いだ）く夢二の素足の女

次の世も人に生まるるを疑はず女はいやと言ひはる女

没りつ陽はふたかみやまの雲染めて天上の楽あふるるばかり

真相

半世紀経て「真相」の語らるる樺美智子の死の他殺説

広島がヒロシマとなりし八月は声届くまで叫ぶほかなく

戦争を語らざるまま存へて逝きし兵隊の多きを思ふ

沖縄の少女が事件に遭ふたびに我の痛みの深浅を問ふ

天皇の政治利用との批判にも耳貸さぬ輩の「万歳三唱」

殉教は杳（とほ）き世にあらず『歳時記』の春のページに載せゐる絵踏（ゑぶみ）

ヤーチャイカ

モスクワに古きアルバム開くごと五輪開会式に観るテレシコワ

六畳に二人で住みし学生寮友の学科はロシア語なりき

「わたしはカモメ（ヤーチャイカ）」のテレシコワと握手せりと友帰り来て吾が手を握る

ソ連より訪ふ人あらば辞書を手に友奔りたりボリショイサーカスも

世界一難しき言語と言われても臆せず学ぶ君にてありし

大陸をシベリア鉄道にて横断する夢捨てたりや大学を去る

ロシア語を教へくれしは三語のみ「ありがたう(スパスィーバ)」「さやうなら(ダスビダーニャ)」そして「素晴らしい(ハラショー)」

槍　錆

母よりも父との疎遠を当然と思ひしにこのごろ夢に出で来る

子をあやすことの苦手な人なれば膝に乗りたるも一度の記憶

夕食の席にあれども団欒の輪に入らぬ父黙して食す

家族にて歌唄ふなどあり得ぬこと父居ぬ夜の母の鼻唄

酒呑めぬ父は村の寄り合ひにとつとつと下駄の音のこし行く

宴会の席で上手に唄ふといふ「槍錆（やりさび）」の話家族は知らず

若き日に家棄て都会に住みし父こんな「うた沢」何処で覚えた

ハンケチを毎朝替へて出勤せし都会暮しの父は「伊達こき」

太棹の叔父に合はせて浄瑠璃を語りし祖父の「お里沢市」

中興の祖たる祖父に逆らはぬ父にファーザー・コンプレックスなる語

よろづ屋

量り売りの「削りがつを」は紙袋に入れてぴつたりの特技であつた

口銭の少ない商売と父のぼやくその食料品の売り上げが頼り

黒砂糖は一斗缶より金槌と鑿にてコクコク層ごとに剝がす

籾殻の石炭箱をまさぐりて隅の林檎も出して並べる

氷漬けの赤魚を問屋の持ち来る日村中はどこも赤魚の日

マカロニを初めて買ひしご近所の若嫁一袋を一度に茹でる

中指の腹にて西瓜の音を聴く今もこれが役に立つとは

番傘が売れて夜なべの父の仕事、墨に酢を落とし屋号を記す

桐下駄の台に緒を挿(す)げカクシ打てば正月用の商品一足

ゴム底の草履をなぜか麻裏草履(あさぶら)と呼んでゐた買へるのは金のある子だけ

地下足袋はたまに売れるからまだいいが運動靴は年に一回

「月星より世界長の方が上」運動靴を買ふたび過ぎる

天秤の皿に分銅数へつつグラムは都会のことと思ひき

鍋・ヤカン・鎌やトンガも村人の困らぬやうに店の一隅

盆からのツケをやうやく払ひ終へ年明けてから客帰り行く

農協のスーパー・マーケットの出現に村のよろづ屋店たたみたり

turn back the clock

つひに語らず戦後を生きし兵隊の一人か父の胸の弾創

戦争を語る表現持たざりし者の煩悶子は知らぬまま

役場より出されし書類の悪意ゆゑ苛め受けしを妻のみ知りぬ

戦争を語るを男の宿題といふなら語れぬ数多の兵も

沖縄のかなしみの底のあきらめの深さにつながるガマの暗闇

偶然に見しライブ映像のフラッシュ・バックするグラウンド・ゼロ

（二〇〇八年アメリカ行）

戦後に生まれ戦前を生きゐる我ら終末時計（Doomsday clock）の針戻さねば

遠慮がちに声あげ歩く駅前の小さなデモにもある意思表示

風のアメリカ

ふたたびのアメリカの風ハイウェーの消えゆく果（はたて）　空よ大地よ

（ミシガン）

ミシガンに吹く風あまた六月は絮毛を雪のごと零らしゐる

旅慣れぬ身はジェット・ラグのまま　野生動物の轢かれしを見つ

曲がること許されざるゆゑひたすらに真つ直ぐ延びて五大湖渡る

グラス・ガーデンに置かれたる一〇〇の白き椅子歩み入るごと皆湖を向く

（マッキナック・アイランド）

刻を告ぐるのみとなりたる城砦（じやうさい）の大砲（おほづつ）響みて湖上を走る

島を舞台の恋愛映画（ロマンティック・ムービー）をなぞりつつ若きふたりは望楼に立つ

『アン・タッチャブル』の映画のロケ地のユニオン駅、ミシガン・アベニュー橋も見ておく

（シカゴ）

ミシェルとバラクの初デートはドーナツ店、大阪ならさしづめお好み焼き屋

ウィンディ・シティーはピカソのライオンのあばらに風の吹き抜ける街

夏至の月仰ぎつつ走るハイウェー路傍に鹿の眼は光りたり

カラードの哀しみ少し知る心地　ウエイトレスの呼べどすぐ来ぬ
（ワシントン）

ブラックの彼とは友達になれさうだ笑み交はすだけで心がかよふ
（ニューヨーク）

シャロンの薔薇

『旧約』にシャロンの薔薇と讃へたる秋の七草槿(あさがほ)のはな

根の国はおどろおどろし紅海を渡ししモーゼの神もおそろし

シナイ山下りしモーゼも迫りくる「老いの孤独」のうちに死したり

導かれたるは東方の三賢人　厩に見え（まみえ）しは確かにイエス

嬰児（みどりご）に贈られし没薬キリストの受難の死への旅の約定

嬰児はマリアの子にして父ならぬヨセフの愛に命ながらふ

蒼林の蔭に潜みゐるまなこ「聖霊受胎」のイエスの苦悩

知る限りのイエスの像は長身にして痩身の憂ひの眼

ながつきの蒼穹（そら）に御名（おんな）讃へゐる少女　Santa Maria a a a（sǽntə mərːə ə ə ə）

正倉院展

五十分並びて対面果たしたる鳥毛立女(とりげりつぢょ)の唇紅し

唐風の美女は天平の画家の手によりて倭の鳥毛をまとふ

天平の画家もフィレンツェのダ・ヴィンチも頬豊かなる女人を描く

ふくよかな立女は七百五十年隔ててモンナ・リーサとなりき

線描画となりたる樹下の婦人像古代の絵師の企図浮かびくる

白瑠璃瓶（はくるりのへい）の把手の少しだけずれてるやうで離れ難かり

ふたたびはめぐりあふことなからむと二十五万点の一つを見つむ

阮咸（げんかん）の月に描かるる蟇（ひき）・菟、黒くすすけて見分かぬままに

こもごもに感想語る声を背に老若男女の一人となりぬ

疲れたる眼を休めゐるお茶席の庭のもみぢ葉はつかにあかし

持ち出して返さざりし武具あまたを御物目録の記録は遺す

十津川行

峡谷の谷瀬の吊り橋渡りたきと妻の望みて十津川行を

日本一長い路線バスに乗り「老老」男女(なんにょ)の群れに加はる

台風と山崩れに家を流されし爪痕もあらはなる里を過ぎゆく

家よりも書籍失ひし哀しみを歌の先達語りし地域

二十人以上は同時に渡るなの立て札に吊り橋の恐怖はつのる

たをたをと揺るる吊り橋谷風に煽(あふ)られて行く二河白道(にがびやくだう)を

本陣を落とされ谷を逃げ行きし天誅組の旗も悲運も

清流の傍の貸し切り露天風呂「源泉掛け流しの秘湯」を掲ぐ

海遊館

並ばされジョーズの前で撮る写真いつもこの手で千円取らる

撫で肩の肩より上を水に出しゴマフアザラシ立ち寝の途中

大岩を跨ぎ終ふるまで鷹揚なる高足蟹に付きあふ五分

にらめつこする幼児(をさなご)に水槽の隅よりマンバウ動けずにゐる

回転する円柱となりて光りゐる鰯一匹一匹の鰓(えら)

別名はシーホースとある説明にタツノオトシゴ馬に見え来る

お目当てのジンベヱザメの過ぐるとき確かに「ジンベさん」を着てゐたりけり

墓地を購ふ

身の始末つけてから世に辞することせめて美学のひとつとなさむ

既にして死語となりたる家長なれど責を果たすは男の仕事

見晴らしのよさがウリですと住職の勧むる墓地の意外に安し

天平といふ語に寧楽びと弱いはず名づけられしは「天平墓苑」

死してのち縁起も不吉もなきゆゑに十三号地を栖と定む

代々の東大寺別当の眠りゐる墓地の一画われも占めたり

墓友（はかとも）なることばも知りぬ墓地購ひし者ら集めて「和顔施」の会

みづからの骨の納まる場所を得て人は穏しき笑みに集へり

アルバムの写真を剝がしスキャンする想ひ出整理の妻の終活

父に内緒で持ち帰りたる数軸の掛物の処理が目下の悩み

新型コロナウイルス

昨日から明日(あした)に命をつなぐためニューノーマルとふ今日を生きゐる

コロナ禍に高齢者の生き死には転車台のロシアンルーレット

連れ立ちて銀座のクラブを飲み歩く上級国民の深夜徘徊

権力と派閥闘争に明け暮れる為政者に巣くふ平和幻想

経済と五輪のために忘らるる民草に吹く浮世とふ風

疫病にワクチン作り人類はモーゼの神の手より逃るる

ディスタンス

朝々を番(つがひ)の目白のために置くガラス戸越しの蜜柑半分

顔を見て話せる機器に現代の地球は狭くなつたと言ふが

ミシガンよりの帰国叶はぬ長男に地球を跨ぐ遠さを思ふ

シアトルはzoom歌会してゐますメールに届く近況報告

「リユウグウ」より「はやぶさ2」の持ち帰る玉手筥とふ砂のカプセル

一億年隔ててやうやく届きたる星の光の旅のはるけさ

かそかに低くバーバーの『アダージョ』流れゐる時代劇の多次元ワープ

流觴曲水

うた人の一人となりて遣り水のほとりに坐しぬけふは雅び男(を)

水干に烏帽子姿の白拍子藤を挿頭(かざ)して今様を舞ふ

狩衣の袖おさへつつ短冊に慣れぬ筆にて書くやまとうた

飲み干しし盃に山吹一花摘み羽觴（うしやう）ふたたび流れに戻す

いにしへの文に羽觴は飛ばすとあり流觴曲水詠みゐる吾に

とほき代のいにしへ人と聞きゐたりわが献詠歌披講さるるを

城南宮「曲水の宴」献詠歌

秋風に　領巾（ひれ）なびかせる　いにしへの　女思（をみなおも）ほゆ　宮址（みやあと）に佇（た）てば

平成二十二年　秋　歌題「故京秋」　ふるきみやこのあき

天指（そらさ）して　伸びゆく竹の　あをあをと　めぐりに春の　光はあふる

平成二十三年　春　歌題「竹不改色」　たけいろをあらためず

秋の野に　紅（べに）ひとすぢを　流しゐる　水引草（みづひきさう）に　顕（た）つひとの姿（かげ）

平成二十三年　秋　歌題「野草花」　ののくさばな

平成二十四年　春　　歌題「花映池水」はないけのみづにはゆ

新(あら)しき　春は光を　誘(いざな)ひて　花かげ多(さは)に　水面(みなも)を輝(て)らす

平成二十四年　秋　　歌題「披書知昔」しよをひらきてむかしをしる

まつろはぬ　もの言向(ことむ)けて　いにしへの　皇子(みこ)天翔(あまかけ)る　その白き鳥

平成二十五年　春　　歌題「海辺春朝」うみべのはるのあさ

紀の国の　海辺に咲ける　浜豌豆(はまゑんどう)　春朝光(あさかげ)に　青(あを)ふかめゆく

平成二十五年　秋　　歌題「社頭杉」　しやとうのすぎ

神招（まね）く　をとめの袖を　ふる杉の　いやさかにして　神（かむ）さびにけり

平成二十六年　春　　歌題「岩躑躅」　いはつつじ

薄紅（うすべに）に　にほふ深山（みやま）の　岩躑躅（いはつつじ）　言はぬ思ひは　袖濡らすとも

平成二十六年　秋　　歌題「暮秋」　くれのあき

朝ごとに　もみぢ葉色を　深めつつ　露けき庭に　暮れてゆく秋

平成二十七年　春　　歌題「夕霞」　ゆふがすみ

いくへにも　連なる花の　み吉野は　夕光(ゆふかげ)淡(あは)き　霞のなかに

平成二十七年　秋　　歌題「御所の秋」　ごしよのあき

ひさかたの　月の桂のもみつてふ　秋は雲居(くもゐ)も　錦(にしき)なるらむ

平成二十八年　春　　歌題「卯花」　うのはな

山里の　賤(しづ)の籬(まがき)に　卯花(うのはな)の　にほへる待ちて　訪(と)ふ郭公(ほととぎす)

すすき野の　曾爾(そに)の高原(たかはら)　吹き分くる　風の細道　駆け行く幼(をさな)

平成二十八年　秋　　歌題「野分」　のわき

松が枝(え)に　かかる藤浪(ふぢなみ)　千代(ちよ)を籠(こ)め　ゆかりの色に　けふも匂へる

平成二十九年　春　　歌題「藤花久匂」　ふぢのはなひさしくにほふ

いにしへは　鳴く鹿の声　聞きしとふ　伏見の里に　もみぢ色づく

平成二十九年　秋　　歌題「伏見」　ふしみ

平成三十年　春　歌題「鳥羽」　とば

あづさ弓　はるの鳥羽田の　小野の花　待てととどむる　すべなかりけり

平成三十年　秋　歌題「社頭祝」　しやとうのいはひ　本殿の屋根葺き替へ

大宮（おほみや）の　御屋根（みやね）に届く　月影の　変はらざれども　平成に輝（て）る

平成三十一年　春　歌題「嶺雲」　みねのくも

大峯（おほみね）の　奥駆（おくが）け道の　かけはしに　谿（たに）より雲の　湧き上がりくる

令和元年　秋

歌題「稲穂」

いなほ

大君（おほきみ）の　号（なづ）けたまひし　秋津（あきつ）しま　稲穂（いなほ）をわたる　風もことほぐ

曲水の宴

毎年、春と秋に催される城南宮の「曲水の宴」に、岩田晋次先生のご紹介で参宴させて頂くようになってから、もう五年が過ぎた。

宴の装いは、女性は衣を何枚も重ねた小袿姿。腰に穿いた緋袴も色鮮やかである。男性は、立烏帽子をつけた狩衣姿。足には、神官と同様、浅沓と呼ばれる黒漆塗りの木靴を履いている。

こうして男女の歌人が遣水のほとりに座ると、神苑は一気に古代にタイムスリップするのだ。

やがて太刀を佩いた白拍子が烏帽子に水干姿で、雅楽の調べに乗って「今様」を舞い始めると、「平安の庭」に集まった参拝者からは、王朝時代の雅な世界にため息が洩れ、カメラのシャッターが一斉に切られる。

さて、円座（藁蓋）に座した私は、持ち慣れない笏をどう構えようかといつも悩んでいる。

今や、城南宮の「曲水の宴」は、マスコミでも採り上げられ、京都の人たちは勿論、関西地方で広く知られるようになった。

ただ、ここで心に留めて置かなければならないことがある。それは、この「曲水の宴」は、観光客を呼ぶためのイベントではなく、神事であるということである。先ほど見物客、観客のことをあえて「参拝者」と記したのはそのためである。

古来、言葉は神と共にあった。「言霊」という語の示すとおり、言葉には霊力があり、「やまとうた」は力をも入れずして「天地（あめつち）を動かし」、目に見えぬ鬼神をも感動させることができたのである。

それ故、現代のうた人の一人一人である私たちは、和歌の系譜に繋がる者として、言葉の意味や奥行き、韻律を大切に歌を詠まなければならないだろう。

近年は、歌壇にも流行（はやり）らしきものがあって、「あなたのような古い歌では駄目だ」と言われる。そこで改めて短歌総合誌を開いたり、辺りを見回して見るのだが、単なる思いつきや、「ことば遊び」の域を出ていないと思われる作品が目に付く。正直言って、作者が歌で伝えたいものが私には伝わってこない。何だか、言葉が軽く扱われているようで、残念だ。

「やまとうた」は「人の心を種として」生まれるもの。歌は作者の生き方そのものである。いわゆる難解歌の歴史は、古くは御子左家の藤原定家、近くは前衛短歌の塚本邦雄が思われる。ただ、どちらの作にも感じられることは、言葉の背後にある歴史的重層性と、伝統への畏敬の念である。

私は「曲水の宴」で神に歌を奉る機会を与えられ、歌のもつ意味と力、歴史について考えている。神の心、人の心に届くような歌を詠みたいと思う。

（平成二十八年　京都歌人協会「会報」）

「青樫」時代の塚本邦雄

「青樫」創刊と黄金期

短歌誌「青樫」は、一九三七（昭和十二）年、「潮音」の選者であった秋田靑雨（篤孝）と遠山英子夫妻によって創刊された。

萩の上の月吹かれたりそののちやとりとめて何かなしきならず　秋田 篤孝
水引草（みづひき）が夕べの空をくぎりては女ひとりが佇てりやうやく　遠山 英子

翌年に秋田、翌々年には遠山が第一歌集を出版し、若い同人の間に、新たな文学活動への機運が一気に高まっていった。

こうしたなか、一九四〇（昭和十五）年、秋田篤孝の発表した「新芸術主義への提唱」は、

「アララギ」の写生でもなければ、「明星」の浪曼主義とも違う「新古今」的象徴主義を現代に生かそうとする抒情の追求であった。

後に、呉の古本屋で塚本邦雄が手に入れた昭和十五年刊の「青樫」には、いわゆる三羽烏と呼ばれた俊英三人の歌が載っている。

まなこみひらきこの哀しみにたへむとす天ひらき昼の雨零りてこよ　　下條　義雄
都より風にしやらばつたへてむ流るるは人、雲と候鳥　　本田　一楊
絡繹とつづける群にまじりゆきその日より額(ぬか)にかなしみ彫(ゑ)りぬ　　水野　榮二

この時、最も若い下條は二十五歳、塚本とは僅か五歳の差であった。後年、塚本が「せめて、あと五年早く生まれてきたかった」と悔しがったというのも頷ける。そうすれば、昭和十五年前後数年間の「青樫」の黄金時代を、ともに送ることが出来たからである。

塚本邦雄の「青樫」入会と、竹島慶子との出会い

一九四一（昭和十六）年五月、「青樫」は在阪の四誌とともに、統合誌「紀元」に組み込まれてゆくが、塚本邦雄が入会した昭和十八年十月の「紀元」は、実態として「青樫」一社となっていたので、晩年、塚本が年譜に、「〇〇年、青樫入会」と記したのは、そういう意味で正しい。

一茎の花遺すとも夕光に勢ふとも遂に素枯れ果つべし　（「紀元」十月号）塚本　邦雄

「青樫」はその後更なる統合を経て、終戦を迎える。一九四六（昭和二十一）年、主宰秋田篤孝没。戦後の荒廃の中、悲壮な決意をもって秋田英子（本名）を主宰に、「青樫」は復刊された。

塚本邦雄が同じく準同人の竹島慶子と初めて会ったのは、復刊間もない昭和二十二年二月九日、石橋駅近くの「清風荘」で開かれた篤孝百日祭の追悼歌会であった。（塚本邦雄二十六歳、竹島慶子二十歳）

海につゞく空の果涯（はたて）の蒼穹（あをぞら）の素晴しさ色に言へずたゝずむ　竹島　慶子
ヒューマニズムも虚々しかる世の隅にともかくも匂ふ凋れ白梅　塚本　邦雄

「青樫」三月號は篤孝の追悼特集号であった。慶子は「秋田先生を偲ぶ」と題する八首を詠んでいる。

當麻寺の静かな春の一日を師(きみ)すこやかに語り居ませし　竹島　慶子

邦雄は、「私達はあの匂ひふかくたけたかい笛の音を終生忘れぬ」と、篤孝の大作「平家歌章」（短歌一三〇首、長歌一首）のうちの一首を踏まえた追悼文を寄せている。

塚本邦雄の結婚

邦雄と慶子、二人の恋の過程を「青樫」に辿ることが出来る。

昭和二十二年九月號

朱雲のうつろふ方に逐はるると君孤り萬緑の野に佇たしめし　塚本　邦雄

ほのか灯をかゝげむとする夕べとて頬冷やしゆく水上の風　竹島　慶子

初めてのデートの様子と、その別れの時の心情を詠んだものか。

十・十一月合併號

君を愛す君のみを愛す一茎（けい）の蓼咲きて生命あらたなる日に　　塚本 邦雄
希ひなほ縷々とし盡きずわが額に花零（ふ）りしかの二上の日も　　同
生命（いのち）一つたち上らむとす秋の日の地上の涯にコスモスの搖れ　　竹島 慶子

二上山の麓に住む若き女性慶子への激しい恋の思いを直截的に表現。

十二月・一月合併號

さよう（ママ）ならまた別れゆく人影にたのむごと月の明るい夜道　　竹島 慶子
白薔薇夕風（さうびよかぜ）に匂ふ道ばたに惜しき別れの一日なりけり　　同

一九四八（昭和二十三）年、塚本邦雄・竹島慶子結婚。塚本慶子となった彼女の作に、厨に立つ幸せな新妻の姿や、幼い我が子への愛情が窺える。

夏きざす厨にきざむもの丶香の青々と君によするおもひを　（二十三年八月號）

まだねむい坊やに合歡の花ひらく湖こえてひびきくるオルゴール　（二十四年八月號）

「青樫」作品の衝撃

話は少し戻るが、「青樫」黄金期の作品に、塚本邦雄が少なからぬ衝撃と影響を受けたであろうことは、楠見朋彦氏が著書『塚本邦雄の青春』において指摘するところである。

かかる夕べのシューベルトさへうつうつと身にはめぐりてかがよへるなし　水野　榮二

ここに真白な花とほほけて死ぬるとも復活の日の血など湧くなゆめ　本田　一楊

「語彙レベルでも『かなしみ』『かがよふ』『額』『さかんなる』といった言葉が初学時代の邦雄の歌に散見され、あからさまな影響が見てとれる。（中略）初句七音の試みなど、

今日見ても面白く、斬新な面がある。」（楠見朋彦・同著一二九〜一三〇頁）

神無しと心にふかく彫りたれば額たゞに射す寒の夕映え　塚本　邦雄

（昭和二十二年二月號）

水野榮二論を塚本邦雄は、その著書『序破急急』に掲載し、本田一楊論は『夕暮の諧調』に、二回にわたって詳述している。

下條義雄論は、昭和二十六年の「青樫」四月号に、下條義雄歌集『春火』――「孤高についてて」を書いている。

『水葬物語』への評価

一九五一（昭和二十六）年、塚本邦雄の第一歌集『水葬物語』出版は、青樫同人に少なからぬ戸惑いと、絶賛をもって迎えられた。

主宰の秋田英子は「今までの短歌に対する観念のものさしが役立たないということであ

る。」「人間的飛躍はあるが、それを超えた自由の世界はみることが出来ない。縦横に言葉が使われているが、必ず枠が感じられるのである。」（二十七年二月号）と否定的であった。
一方、下條義雄は「何とどえらい歌集が出たものだとまず感嘆した」「この国のマンネリズム化した短歌の領域に、新しい問題を提起している」と評価し、「前人未踏の高山にのぼらむとする著者のうしろ姿に、かがやかしい栄光をいのるや切である」と五ページに及ぶ文を記した。（同五月号）
『水葬物語』を出版した昭和二十六年、塚本は「青樫」に西洋絵画、シャンソン、仏蘭西詩と音楽などのエッセイを続けて発表している。

「青樫」との別れ

昭和十九年、水野榮二が三十五歳の若さで亡くなった。二十一年、主宰の篤孝が亡くなる。戦後、本田一楊は俳句の世界に移った。三羽烏のうちただ一人残った下條義雄は実作から離れ、『新古今和歌集』の研究に没頭。復刊後の主宰・秋田英子は、塚本がかつて師と仰いだ遠山英子時代の清新な歌柄から変貌し、神秘的なものへの崇敬や人間的な広がり、深さを求める、象徴的な意味で言うところの偉大な母性の歌人となってしまった。それはそれで、素晴らしいことではあるが、歌人としての魅力は感じられないと塚本邦雄は思ったようだ。

昭和二十七年二月号から翌二十八年十二月号まで、一回に八首を八回にわたって連載した「八日物語（おくためろん）」（其一～其八）計六十四首をのこして、塚本邦雄は「青樫」を去った。

十二月号　八日物語（おくためろん）　其の八　（終りの日の別れの歌）

鐵の扉（と）にユダ美しき聖餐の圖を彫（ゑ）りぬ。にがき一生のために　塚本　邦雄

（平成二十七年度大阪歌人クラブ秋の大会講演要旨「会報第一二〇号」より）

あとがき

第一歌集の『瓊花』を出してから、いつの間にか十年余りが過ぎた。
その約十年の中でも、二〇一五年の十一月に、七十八年続いた「青樫」を終刊したことは、大きな出来事であった。

二〇〇一年以来十五年間の「青樫」編集・発行人としての責務は、充分に果たしたとは言えないかも知れないが、日々が「青樫」中心の生活であった。
そんな毎日を支えてくれたのは師・橋本比禎子（遠山英子）や、畏敬する多くの先人への思いであった。
本歌集に塚本邦雄に関する小文を載せたのも、草創期の「青樫」の様子を残しておきたいと考えたからである。

集名を『平城山の風に』としたのは、奈良の北辺・奈良阪に転居し、奈良（寧楽）の歴史に触れる機会が多くなって、肌身に感じるようになったからである。

出版に際しては青磁社の永田淳様に丁寧にお進めいただいた。ここにあつく御礼申し上げる。

二〇二一年　重陽

英保　志郎

（尚、私の引き継いだ創刊以来の「青樫」誌や歌集は、日本現代詩歌文学館にお願いをして、引き取って頂いた。）

歌集 平城山の風に

初版発行日 二〇二一年十一月二十四日

著 者 英保志郎
奈良市青山四－四－一二九（〒六三〇－八一〇一）

定 価 二五〇〇円（税別）
発行者 永田 淳
発行所 青磁社
京都市北区上賀茂豊田町四〇－一（〒六〇三－八〇四五）
電話 〇七五－七〇五－二八三八
振替 〇〇九四〇－二－一二四二二四
https://seijisya.com
装 幀 大西和重
印刷・製本 創栄図書印刷

ISBN978-4-86198-517-1 C0092 ¥2500E